尋找幸福的真義

小勇

· 全名「比域 · 巴沙爾」，Brevis Bashar，因為名稱讀起來與勇氣英文相似，通稱小勇。
· 瑪宗格龍，Majungasaurus
· 出生地：蘇丹
· 不服輸，勇往直前，不留力，直腸直肚。
· 為了尋找父親而踏上旅途
· 本故事的主角

尼諾

· 恐手龍，Deinocheirus
· 在烏克魯附近流浪的幼年恐龍
· 偷食生命之樹粉末後得到不死之身
· 對小勇他們懷恨在心

艾莉

· 始祖鳥（女），Archaeopteryx
· 自稱是傳說中的「不死鳥」
· 幽默，風趣，喜歡看到別人開心。
· 前敍利亞獵區的領主，大洪水之後和丈夫創造了方舟讓恐龍逃難，洪水退去後恐龍們四散，她在方舟獨自過著苦行式的生活。

小英

· 全名「英瑪德 · 格烈」，Imad. Gree，通稱小英。
· 奔龍，Deltadromeus
· 出生地：阿斯旺
· 不服輸，認真，少說話多做事，讓人感覺滿懷心事。
· 因為在一次決鬥中意外地輸給了小勇，所以跟著小勇踏上旅途，要堂堂正正地贏回來。

菲臘

· Phillip Bashar，全名「菲臘 · 巴沙爾」，通稱菲臘。
· 出生地：蘇丹
· 瑪宗格龍，Majungasaurus
· 為了尋找讓所有人都幸福的紋章 — 克蘇魯，踏上旅途，在各地留下了不少英雄事蹟，但現在卻被美洲的「幸福守護聯盟」通緝中
· 小勇的父親

伊巴謙

· 非洲的大領主
· 為人沒有架子，部下都直接叫他的名
· 鯊齒龍，Carcharodontosaurus
· 出生地：開羅
· 被陰謀奪權，逃到尼羅河的上游，組叛軍要奪回大領主的地位
· 性格豪邁，沒有機心，恩怨分明

· 傳說中的生物
· 居於美洲，嚮往自由自在的生活
· 用紋章能力和兄弟姐妹們保持溝通

· 暴龍，Tyrannosaurus
· 出生地：奇琴伊察
· 用論功行賞的理念統治著美洲
· 是幸福守護聯盟的主席，提倡廢除獵
  區和領主制度，公平貿易，還有聯邦
  政府

· 傳說中的生物
· 居於雪山地區
· 是斯芬克斯和奇美拉的姐姐
· 待人親切，樂於助人

· 巨牙鯊，Megalodon
· 出生地（海？）：地中海
· 商人，管理地中海，經營一個龐大的
  海路交通運輸集團
· 非常欣賞小勇和小英兩隻少年恐龍

· 斑龍，Megalosaurus
· 出生地：奧林匹斯山
· 管理整個歐洲大獵區
· 明白事理，冷靜，比起用紋章戰鬥去
  解決問題，她比較傾向用智力解決

· 獅身恐龍臉的怪獸
· 傳說中的生物
· 在歐洲和中東附近遊歷，體驗有趣的事
· 喜歡叫其他恐龍猜謎語，如果猜錯就把
  他們打飛

目　錄　contents

第一話
喜瑪拉亞山脈

　　小英和小勇這兩隻少年恐龍結伴同行，踏上冒險旅途已經兩年多了。從位於非洲獵區的埃及出發，橫渡地中海，遊歷了希臘地區，之後經過被洪水蹂躪的中東河谷，然後到達了農業發展卓越的印度。

在印度的歷險過程中，兩隻少年恐龍在擂台上擊敗了擁有破壞神紋章的攻擊型希瓦，還有使用守護神紋章的防守型比素，充分展現了他們的戰鬥能力及智慧。

最後，兩隻少年恐龍在擂台上打成平手後繼續展開旅程，希望可以越過世界上最高的山——**喜瑪拉亞山**，在山的另一邊找到小勇的父親，那個傳說中的王者紋章戰士——菲臘。

同行的，還有艾莉，她是裝備著永生紋章「烏塔」的始祖鳥，無論受到任何傷害，紋章的力量也會把她化為一隻鳥蛋，然後**重生**。

他們兩隻恐龍加上一隻雀鳥，就這樣離開印度的城市摩亨佐達羅，向著北面那座大雪山出發，艾莉自己懂得飛行，而小英也擁有「伊卡洛斯」紋章，裝備紋章時，就會擁有飛行能力。

裝備紋章是一種可以透過學習而獲得的能力，每個紋章的裝備方式都有微妙的分別，紋章可以透過**修煉**而變得更強，也可以藉由紋章傳遞來把紋章能力傳給其他恐龍，只是傳給其他恐龍後，自身的紋章會削弱不少。

　　正因如此，懂得使用紋章的恐龍只佔少數，而他們往往都是一個恐龍族群的**統治階級**。

奧薩瑪

伊巴謙

奧格里

布瑪

小英抓著小勇，和艾莉一起向著北面飛去，天氣隨著他們飛高而變得寒冷，四周的景物由綠意盎然，變成白雪紛飛，白茫茫的積雪蓋過了石頭、泥土和植被，白色在這片高山上幾乎取代了一切其他的顏色。

　　他們雖然之前在雪山之中修煉過，但卻從來沒有飛進過那麼深入和高聳的地方，當他們愈接近那片白茫茫的山脈中心時，兩隻恐龍和一隻雀鳥就愈覺得不對勁，大家的呼吸開始變得困難，而且拍翼的效率愈來愈低。

　　之前小英明明只要拍一下翅膀，就可以向上飛幾米，但現在，小英拍一下翅膀，就只能上升一米左右。艾莉明顯感到了小英的體力不支，於是和他交換了一下眼色，便在雪山中某個比較平坦的地方停了下來。

「看來接下來要用走的。」小英降落後，只說了這一句話，就開始喘得上氣不接下氣。

「你很累嗎？我們要不要先休息一下？」小勇拍了拍小英的背部，然後發現自己同樣在喘氣。可是小勇一直沒動過，只是被小英抓著而已。

「這種事你們沒遇過吧，這就叫做『高山症』。」艾莉說完這句後，也開始喘氣。

「**高山症？**」小勇問。

「我們鳥類平常都不會飛到這麼高的地方，因為愈高，空氣就會愈稀薄，也會引發頭痛、水腫等等症狀。」艾莉詳細地解釋。

那你怎麼不早點告訴我們？！

小英語氣有點憤怒，而且被艾莉這麼一說，小英的確開始感到頭痛。

「我忘記了嘛！看在我這麼**可愛**的份上，你就別介意了吧。」艾莉一邊說，一邊吐舌頭裝可愛。

「你怎麼每次都這樣，重要的事往往都事後才說出來！」小英的語氣更激動了。

「那我們現在要怎麼辦？」小勇不想他們兩個在這個情況下開始吵架。

「我們就是不會飛來這麼高的地方呀，但我們現在**沒有這個選擇**吧？要橫過山脈，就一定要提升到這個高度呀！」艾莉攤了攤自己的翅膀，然後說。

「這樣吧，我們找個山洞，或是可以擋著風雪的地方先休息一下吧，我的頭也開始痛起來了。」小勇提出建議。

小英、小勇和艾莉一步一步地在雪地上向前走，尋找可以休息的地方。在雪地上行走可不容易，每一步踏進雪中，腳都會深深地沉下去，形成一個深達**數十厘米**的「腳印」；要從這些「腳印」中把腿拔出來，要花比平時走路多三倍的氣力。而且空氣稀薄，每一下呼吸都變得困難，他們每每走幾十步，就要停下來休息好幾分鐘。

在這種困難的情況下，三人走了大半天，終於找到了一個山洞可以容身。

「真的靠休息就可以回復嗎？」小英的頭痛比剛才更嚴重了，於是問小勇。

「我們也**別無選擇**吧，先來吃點乾糧吧。」小勇回答。

「這裡看來也很牢固，我們今晚就睡在這裡好了，到了明天，頭痛應該就可以紓緩了。」艾莉滿有信心地答。

「真的嗎？可以相信你嗎？」小英反唇相譏。

「你們兩個別這樣，我們就在這裡好好休息一下吧。」小勇搶著**打圓場**。

山洞內帶有一點點潮濕，所以長了不少苔蘚類的植物，小英把苔蘚拔下來，鋪成一副不錯的床鋪，然後才躺在上面準備休息；而小勇和艾莉則沒有管那麼多，直接躺在地上就睡著了。

大家經過長時間的飛行，還有雪地行走了大半天，都**相當疲累**了，所以很快就呼呼的進入夢鄉。

　　不知道睡了多久，小勇從夢中醒來，卻發現了一隻巨型的、白色的**長毛猿類**生物，正站在小英的旁邊，盯著他。那隻猿類生物大約身高兩米，用兩腳站立，雙手交差放在胸前，一直在打量著小英。

　　「咦？你醒來了？」那隻白色的巨猿看見小勇醒了，轉看他，然後用一把溫柔的女聲輕聲地開口說。

　　「你是？」小勇第一次遇到這種生物，心中不禁有一點點戒備。

　　「我是雪人，你就是奇美拉口中那隻可以裝備**雙紋章**的少年恐龍，小勇，對嗎？」雪人對小勇說。

「對，我就是小勇，你認識奇美拉？」小勇
問。

「奇美拉是我妹妹啦。」雪人爽快地答。

雪
人

「所以你是奇美拉和斯芬克斯的大姊？」小勇實在不明白這家人，畢竟，之前在歷險路上遇上過的傳說生物奇美拉，又或是喜愛猜謎的斯芬克斯，他們的樣子、甚至身體結構上，都和眼前這個「姊姊」完全不同。

烏波 · 薩斯拉紋章

雪人

奇美拉

雷鳥

斯芬克斯

「嗯，我們都是被究極祖神烏波‧薩斯拉紋章創造出來的生物啊，所以兄弟姊妹看起來樣子都不同，哈哈。」雪人回答。

「有那麼厲害的紋章？」小勇還是第一次聽到有紋章可以創造生物，感到十分好奇。

「紋章是有**無限可能**的，我還懂一個可以直接聯絡他們的紋章呢。」雪人驕傲地說。

「你可以教我這種紋章嗎？我已經很久沒和媽媽說話了。」小勇的母親一直留在埃及，小勇已有兩年多沒見過母親了。

「這種事待會再說吧，我是特地來這裡通知你們一個訊息的。」

「**甚麼訊息？**」小勇心中閃過幾個念頭，是斯芬克斯或奇美拉有甚麼想通知他嗎？究竟是甚麼事呢？

「是關於你父親的，在美洲獵區那邊的雷鳥弟弟告訴我，你父親菲臘開罪了一個叫做『幸福守護聯盟』的組織，現在正**被通緝**。」雪人說出驚人的情報。

WANTED $100000

雷鳥弟弟

「我要去救他！」小勇一聽到這件事，立刻就轉身往外走，完全沒想到自己根本不知道要怎樣才能走到美洲獵區。

你別那麼衝動，
先聽清楚詳情呀！

　　小英被他們的談話吵醒，站起來拉住不受控制的小勇。

第二話
K2 與金字塔

雪人、雷鳥、奇美拉、斯芬克斯都是由同一個紋章製造出來的**傳說生物**，在成年後不久，就被送到不同的地方生活，只能靠紋章的力量互相聯絡，於是雪人和雷鳥早就知道小勇他們的故事。

所以當雷鳥在美洲看見菲臘被通緝和追捕時，就立刻通知他的姊弟們；而雪人也不負所托，在喜瑪拉亞山脈中找到小勇他們。

「那麼，雪人你會帶我們去美洲獵區嗎？讓我去救我的父親。」小勇冷靜下來之後問。

「如果用**正常方式**，從這裡要走到美洲的話，你先要橫越這片山脈，到達亞洲大獵區，以你們的速度，少說也要一個月才能到達；之後一直向東走，走到海岸邊，大約需要三到四個

月。」雪人一邊說，一邊走到山洞外的雪地上畫出一張大約地圖，然後講解路線：「用飛的話，就要飛進寒冷的北方；要到達白令海峽，即使你們**日夜不停**飛行，也需要兩個月的時間；越過白令海峽後，你們就會到達美洲大獵區的北方，但距離幸福守護聯盟所在的中美洲尤卡坦半島還是非常的遠，至少還要三個月的時間，才能到達。」

「即是說，無論是經陸路或是飛行，都要大約半年才能去到？那樣太久了吧，遠水救不了近火。」小英稍為心算一下，然後說。

「那也沒法子！只能日夜趕路了！」小勇心中想著父親的安危，只能硬著頭皮上了。

「她說『如果用正常方式』，即是說，還有『**不正常的方式**』吧，對嗎？」艾莉早就醒過來，並且看穿了端倪。

「對，只要使用**虛空之扉**猶格‧索托斯紋章，就可以直接無視空間，傳送到特定的地點了。」雪人指著地上的地圖，略有所思地說。

　　「你懂得使用這種紋章？好厲害，這是瞬間轉移的能力吧？」小勇**喜出望外**。

虛空之扉猶格‧索托斯紋章

「我怎麼可能會懂得使用這麼厲害的紋章呢？像是究極祖神烏波·薩斯拉或者虛空之扉猶格·索托斯這種紋章，不是我們這種生物可以使用的，只有星球本身，才能使用這種紋章。」雪人答。

「星球本身？」小英、小勇和艾莉不約而同地一起問。

「嗯，你們所住的世界，就是一顆叫做『地球』的星球，而星球自己，就擁有使用紋章的能力。像是虛空之扉猶格·索托斯這種紋章，星球在很久很久以前就選好幾個特定的地點，發動了紋章，讓動物可以透過這種能力進行空間傳送。」雪人繼續解釋。

「即是說，這個所謂虛空之扉，是在地球上的某個地方？」小英問。

「沒錯，在地球上有三個地方擁有這種由紋章能力製造出來的虛空之扉，分別位於**埃及**的金字塔群、位於這個山脈另一端的世界第二高峰**K2**，還有位於尤卡坦半島的**奇琴伊察**。」雪人分別在地圖上點了三個點，而尤卡坦半島，就是雷鳥的所在地。

「我們現在在這裡對吧？所以最近的虛空之扉，就在K2囉？」小勇問。

「對，從這裡過去，用飛的大約只需要十天，但這有個問題，K2的山勢**非常險峻**，要爬上去可不容易。」雪人答。

「這個我不怕，為了找到父親，為了把他救出來，爬一座山算得了甚麼？」小勇用手拍了拍自己的胸口。

「你不要低估K2，她可是有魔山之稱的高峰，那裡地勢複雜陡峭、雪崩頻繁，而且氣候詭變多端。每四隻嘗試爬上去的恐龍，就有一隻會冷死、或是摔死；反而在那邊的世界第一高峰珠穆朗瑪峰，三十隻挑戰她的恐龍，就有二十九隻可以成功。」雪人指著地上那個為K2畫的點。

「但我們也沒有別的選擇吧？」艾莉說。

「嗯，明知道有十天就能抵達的路徑，我們還怎麼可能選擇要**耗時半年**的方式呢？」小勇長長地呼了一口氣，這時候他察覺到，昨天的強烈頭痛，已經消失了。

「但這是真的嗎？我們自小在埃及長大，怎沒聽說過金字塔群其實是虛空之扉？」小英提出疑問。

「你們有沒有進入過金字塔的內部？建築那個金字塔的目的，就是把虛空之扉好好的蓋著，不要讓恐龍們『**意外地**』被傳送到地球的另一端啊。」雪人解釋。

「對啊，我在開羅時，奧薩瑪一直禁止恐龍們接近金字塔，即使大領主換成了伊巴謙，這項規定還是沒有改變……那麼，可能你說的有道理，他們這些領主，大概一早就知道虛空之扉這件事了。」小英點頭。

開羅

奧薩瑪

伊巴謙

「那不要等了，雪人，請你帶我們去 K2 那邊吧！」心急的小勇對著雪人鞠躬。

由於小英沒法帶著小勇和雪人一起飛行，所以他們改為用走的。在雪人的帶領和小勇堅持要**日夜趕路**這個情況下，他們用了兩星期左右，終於來到了 K2 的登山口。

K2 的形狀和金字塔很像，是一個四方錐體，之前雪人**所言非虛**，K2 的山頂附近山勢異常險峻，簡直就是一個巨大版的金字塔，而且暴風雪說來就來，爬上去後如果天氣驟變，就勢必會從那個接近垂直的峭壁上掉下來。

　　小勇他們站在登山口那邊，看著這座「魔山」感覺完全**無從入手**。想飛上去嗎？這個高度空氣實在太稀薄，無論怎樣拍翼，也飛不起來。要走上去嗎？山頂四面的垂直峭壁根本就是殺手，雪人說過每四隻嘗試的恐龍，就有一隻殉命。

　　「好了，現在我們要怎樣？要挑戰這座魔山嗎？」雪人指著山頂問大家。

等等，那邊有隻恐龍！我們快過去看看！

　　小勇看見登山口的深處有個恐龍的輪廓，被厚厚的積雪蓋著。

第三話

幸福守護聯盟

小英、小勇、雪人和艾莉走近那堆積雪，然後**齊心合力**地把像是頭形的積雪一點一點撥開。在積雪下面的，居然是一隻瑪宗格龍，他的身體已經非常虛弱，但是還有呼吸。

「爸爸？是爸爸！」

小勇立刻認出，這隻被積雪堆埋著的瑪宗格龍，不是其他恐龍，正正是自己的父親——菲臘。

小英**二話不說**，裝備上治癒之神伊西斯的紋章，開始幫菲臘療傷；雪人和艾莉出發去尋找可以在登山口附近搭棚的材料和工具；而小勇則趕緊清除菲臘身上的其他積雪。

菲臘受的傷不輕，小英一直發動紋章能力，但還是沒有治癒到菲臘的**十分之一**傷勢，而小勇已經把菲臘身上的積雪清走了。

「雪人她真厲害，已經建好了一個基本的營地了！」艾莉一邊跑過來，一邊對小英和小勇說。

「小英，我們先把爸爸搬過去吧。」小勇提議。

「好的，基本上有骨折的地方都治好了，但**失血很多**，而且也有不少內傷，他需要一個更好的地方來療養。」小英一邊答應，一邊開始準備移動菲臘。

艾莉為他們帶來了一個由兩支**強韌**的樹幹及一塊大麻布做成的擔架，兩隻少年恐龍把菲臘搬上擔架上，再向雪人架好的營地走去。

雪人在一個稍為平坦的地方搭建了幾個簡單的木棚，木棚中間有個基本的營火，看見小勇和小英把菲臘抬回來後，雪人立刻衝出去迎接他們。

之後一星期，小英每天用紋章之力為菲臘治療，而小勇他們則準備食物、營火等等來幫助菲臘恢復，他們算是在這個營地上住了下來。

「小勇！你爸爸醒來了，你快來。」

大約十天之後，小英從木棚內走出來，大聲呼喚小勇。

「真的？」小勇連忙衝進木棚內，菲臘清醒地躺在床鋪上，用慈祥的目光看著小勇。

「是小勇嗎？你長大了很多！」菲臘還沒有完全回復，聲音還是有氣無力的。

小勇沒有答話，直接衝進父親的懷裡大哭起來。這一哭，包括在阿斯旺時被欺凌的冤屈、包括在開羅決戰時的勇氣、包括在希臘趕路時的焦急、包括在中東病重時的痛苦，也包括在印度修煉時的淚水。現在，小勇終於找回他的父親了，這趟旅程的目的已經達到，但真正讓小勇眼眶中裝滿眼淚的，卻是這旅程之中的一點一滴。

　　「你這樣出來找我，一定受了不少的苦吧？對不起，我沒有好好地留在你身邊，盡一個父親應盡的責任。」菲臘勉強地抬起手臂，摟著小勇說。

「不、不是這樣。爸爸你去追求全部恐龍的幸福，這件事**重要**多了！」小勇連忙搖頭。

「但我失敗了啦，弄得滿身是傷，而且還要靠虛空之扉的力量才逃了出來，要不是你們出現，我早就在這個雪山上凍死了。」菲臘說。

「父親還沒有失敗呀，你有我，我可以幫手，**我可以戰鬥**。現在我也是一個相當不錯的紋章戰士了！」小勇一邊說，眼淚又再不受控制地流出。

「單憑我們是不可行的啦，他們有的，是一整個大獵區的戰力。」菲臘說。

「爸爸，我來給你介紹，這是小英，是非常厲害的紋章戰士；這是艾莉，擁有**不死之身**；這是雪人，是由紋章製造出來的奇幻生物；只要我們一起，沒有甚麼是敵不過的。」小勇指著早已進來木棚的小英、艾莉和雪人。

「傻孩子，看來你聚集了不少強勁的伙伴呢！」菲臘一邊摸小勇的頭，一邊看著站在一旁的小英、艾莉及雪人。

「所以，我們一起去尋找讓所有恐龍都**得到幸福的方法**，無論途中有多少敵人，我們都會把他們擊倒的。」小勇堅定地答，而小英也跟著點頭。

「但我不會戰鬥呀！」艾莉又在不適當的時候**吐糟**，站在旁邊的小英直接出手敲了敲艾莉的頭殼，讓她閉嘴。

「他們叫做『幸福守護聯盟』，可能有上萬隻美洲的恐龍是他們的成員，他們把那個可以讓所有恐龍都幸福的紋章『**克蘇魯**』分成了三塊碎片，分別放在三個金字塔群入面，奇琴伊察金字塔群、泰卡爾金字塔群，而最後一片則放在科潘金字塔群，每處都有重兵看守。看，這就是在奇琴伊察的那一部分，我先把它學起來了。」

菲臘一邊說，一邊指著自己的腰間，那裡有著三分一個紋章。

『克蘇魯』
幸福的紋章

　　「所以你學習了紋章之後，就用虛空之扉的力量逃走了？」小英問。

　　「你是小英吧？你猜中了一半，我偷偷潛進奇琴伊察，發現了三分一個『克蘇魯』紋章，於

是把它學起來；本來我打算用同樣方法去科潘和泰卡爾的，但是卻被『幸福守護聯盟』發現了，他們非常嚴格地規定任何恐龍都**不可以學習**『克蘇魯』紋章，於是，在美洲內，所有的紋章恐龍戰士都在捕獵我，他們不肯決鬥、也不肯談判，每次只要一發現我，就是蜂擁而上，無論我有多厲害也好，我也沒法一次過擊敗上百隻恐龍。」菲臘一邊嘆氣一邊解釋。

「他們不知道奇琴伊察內部有猶格‧索托斯紋章所製造的虛空之扉？」聽到這裡，雪人開口詢問。

「他們知道，但那算是**禁忌之門**，他們不會踏進去的，所以我就邊戰邊逃，最後到我走進虛空之扉時，已經筋疲力竭了。」菲臘說。

「那你為甚麼不傳回去開羅，而傳來了這裡？」小英不解，畢竟比起這個雪山之巔，傳送去開羅，活命的機會一定比較大。

「因為開羅那邊的虛空之扉出來後，是一個密室，沒有出口、也沒有入口，而埃及的恐龍們也被禁止接近金字塔，傳送過去是**死路一條**。反而 K2 這邊，只要我有一點力氣剩下來，總可以找到下山的方法。」菲臘在被上百隻紋章恐龍戰士追殺的同時，竟然還可以想到這一點，足以證明他那「王者紋章戰士」的稱號**名不虛傳**。

開羅　　　　　　　　　　K2

「那我們現在就一起傳送回去開羅，**打破**金字塔密室的牆，就可以出去了。接著找伊巴謙幫手，之後聯絡鯊魚王和百樂絲，加上雅偉還有悉達多跟布瑪他們，我們一定可以奪得『克蘇魯』紋章的！」小勇提議。

「也可以叫上我的弟妹們，『克蘇魯』紋章自創造以來，就從沒發動過，我也很想知道發動後世界會變成怎樣。」雪人附議。

菲臘敵不過眾人的熱情，而且要戰勝「幸福守護聯盟」，除了**集合所有力量**之外，也沒有其他方法，所以大家決定再休息幾天後，就出發爬上 K2 山頂，再從那邊的虛空之扉返回開羅。

第 ④ 話

重回埃及

悉達多

雅偉

奇美拉

斯芬克斯

大伙兒決定了，艾莉會飛去中東和印度通知雅偉和悉達多，雪人則會轉告奇美拉和斯芬克斯，大家約好三個月後在開羅集合，再一起傳送去奇琴伊察。所以現在真正出發要爬上 K2 的恐龍，就只有菲臘、小勇和小英他們。

再一次，他們來到了登山口這邊，今天風和日麗，所以他們打算從**常規路線**爬上這座魔山。

他們踏上常規路線後，首先遇上的，是一個叫做「黑色金字塔」的路段，那邊全是冰岩混合地形，稍有不慎，就會掉腳滑然後掉下。

經過一整天**提心吊膽**的前進，他們來到了惡名昭著的「瓶頸」路段，這段路需要攀上一個一百米高，近乎垂直的懸崖，這個懸崖會毫無預兆地發生雪崩、落冰甚至是整個崖頂崩裂的狀況。

小英想用伊卡洛斯紋章飛上去，卻因為空氣太過稀薄而失敗，於是小勇使用西西弗斯紋章，這個紋章可以把某個空間困在由紋章創造出來的**時間迴圈**內，而菲臘則把幾塊大石頭向上丟，做成一個類似升降機的機制，只要他們連續踏著這些不停重複向上的石頭向上跳，理論上就可以到達懸崖的頂端。

　　但只要他們**稍有差池**，就會在這個近乎垂直的懸崖上掉下來；即使他們準確無誤地踏上了每一塊石頭，還要祈禱雪崩或是落冰不要正好在這個時間發生。

　　幸好，菲臘的身體已經復原，而小英和小勇也在印度的修行中大幅進步，他們總算通過了這個有如惡魔一樣的「瓶頸」路段。再走一天後，他們終於來到了 K2 的山頂，這裡有兩道虛空之扉，菲臘指著其中一道，示意那就是通往開羅金字塔內部的**傳送門**。

小勇和小英**毫不猶疑**，一下就跳了進去。

在虛空之扉另一邊的，是一個全黑的地方，伸手不見五指，小英和小勇都沒法知道他們究竟已經到達了金字塔的內部，還是要再走一段路才到。

「小勇、小英，這裡就是金字塔內的密室了，不要亂動，否則可能會被改傳送去奇琴伊察或者回去 K2 的虛空之扉啊。」菲臘也來到了，他用火鳥神荷魯斯的紋章力量生出了一個**小火球**，再把密室內的油燈點著。

這時小英和小勇才發現他們就在一個三米立方大小的密室內，從牆上的雕刻可以知道，他們**確確切切**地回到埃及了。密室內也和 K2 山頂上一樣，有兩道虛空之扉，只要一踏過去，就可以到達奇琴伊察了。

三隻恐龍用力量**強行打破**了金字塔的石壁，再從狹窄的通道內爬過去；直到自己的雙腳踏在開羅的沙漠上那一刻，小勇終於感到了家的感覺。

「我們直接去找伊巴謙？」小英用手擋住陽光，在雪山上停留了好一大段時間，現在回到天氣暑熱的開羅，著實有些不習慣。

「**不了**，你先回去阿斯旺探望一下家人吧，我和小勇也會回蘇丹一趟，畢竟大家都好久沒有回家了，我們一個月後再到開羅的宮殿集合吧。」菲臘說完，就揮了揮手，示意小勇跟著他向南方，尼羅河的上游走去。

小勇和小英告別後，和菲臘一起沿著尼羅河往南行，小勇自出生以來，從來都沒試過和父親這樣親近過，兩隻都可以使用雙紋章戰鬥的恐龍一邊走，一邊談論雙方歷險時的趣事和經歷，對小勇來說，從開羅走回阿斯旺的這段時間，就是他**最開心**的一個星期。

　　快樂的時光總是過得特別快，這星期一眨眼間就過去了，小勇和菲臘兩隻恐龍回到了蘇丹。

在蘇丹的邊境，小勇的媽媽早就在那邊等待了。

「**媽媽，我來了！**」小勇立刻衝過去，摟住自己的媽媽。

「很好，回來了就好。」小勇的母親也抱住了小勇。

小勇繼續摟住媽媽，然後用手指了指菲臘。

媽媽你看看我把誰帶了回來？

「媽媽見到。」小勇的母親對菲臘報以一個微笑。

一家三口在蘇丹過了兩星期，每天菲臘和小勇都會到學院去教少年恐龍們紋章使用的方法，放學後，他們會一起回家，享用由媽媽製作的晚餐，這種日子平凡而又幸福，每天小勇和菲臘的臉上都帶著大大的笑容。

終於約定的時刻到了，菲臘和小勇今天就要出發，動身去開羅集合。

「爸爸，這星期我總在想，其實我們也過得**蠻幸福**的，我們真的有必要去搶那個甚麼『克蘇魯』紋章嗎？」小勇在蘇丹的邊境，對和他並肩而行的菲臘說。

「我知道這種生活很吸引，如果我們兩個只是普通的恐龍紋章戰士，我也許也會覺得留在這裡一起生活也不錯；但我們不是，我們是萬中選一的雙紋章戰士，上天給我們這個能力，或許，

就是希望我們可以為這個世界做一點事。你有聽說過一句話叫：『**能力愈大，責任愈大**』嗎？」菲臘一邊說，一邊摸了摸自己紋章的位置。

　　然後他們回頭，好好地和小勇的母親揮手告別。

在開羅，時任非洲大領主伊巴謙的宮殿內，小英、小勇和菲臘**再次聚集**；同時，阿斯旺的領主卡迪爾、伊巴謙也來到這裡。

「事情我已經聽小英報告過了，為了要奪得幸福紋章『克蘇魯』，你要集合大家的力量，對嗎？菲臘，還有小勇。」伊巴謙也不說甚麼客套話，直接進入正題。

「對，如果奧薩瑪也能加入，就更好了，我們需要所有強橫的力量。」菲臘回答。

「**這個嘛……**」伊巴謙面有難色，畢竟自己的情人奧黛就是被奧薩瑪搶走的。

「我負責去交涉吧，我知道他在哪裡。」小英搶在伊巴謙拒絕菲臘前說。

「伊巴謙你放心，我不會讓你們尷尬的，你們都是成年恐龍了吧。」菲臘一邊**仰天大笑**，一邊搭著伊巴謙的肩膊。

「那我現在出發去找奧薩瑪了。」小英想立刻啟程。

「等等，小勇你也一起過去吧，順道也找在希臘的百歲麟和百樂絲他們幫手。」菲臘推了小勇一把。

「這次的聯盟，全靠你們兩個的旅程才能成事，我們就叫這個要奪取幸福紋章『克蘇魯』的聯盟做──『**英勇聯盟**』吧！來，快點去把成員都召集來開羅吧！我和菲臘會想好作戰策略的了。」伊巴謙也推了小勇一把。

小勇和小英聽到「英勇聯盟」這個名字，感到有點不好意思，一來自己還是後輩，用自己的名字命名聯盟好像不太好，二來他們不是隊中最強的戰士，於是反對這個冠名。

　　「這是命令，聯盟已經決定要叫做『英勇聯盟』了，你們快點出發吧，別再露出這副表情了。」伊巴謙一邊大笑，一邊再推了小英和小勇一下，兩隻少年恐龍都知道，伊巴謙和菲臘都不會改變主意，只好默默地離開宮殿，向著北面的阿歷山大港出發。

　　只要沿著尼羅河最西邊的支流走，就可以走到非洲大獵區最大的海港——阿歷山大港。兩人今次只走了三天，就來到了阿歷山大港，比上次足足快了兩天之多，足證他們的力量和速度都精進不少。他們已經不是昔日那兩隻初出茅廬的恐龍了。

兩隻少年恐龍直接就走到碼頭附近，隨便找了一隻水生恐龍，拿出了鯊魚王嘉威給小勇的信物。當年小勇幫鯊魚王在克里特島解決了合約糾紛，所以鯊魚王給了小勇**三隻牙齒**，在小勇需要幫忙時，只要對任何一隻水生恐龍交出這牙齒，他就會傳話給地中海的霸主。

在等待傳話的這段期間，小勇和小英重遊了劇場和海邊市場，明明兩隻少年恐龍已經變得更強更大了，但當他們再次走過這些地方時，一切都好像昨天發生似的。

「你記得嗎？我就是在這裡吃掉奧薩瑪給我們的**臭魚**的！」小英指著市場一邊的位置，回憶說。

「當然記得啦，我甚至記得那個魚的味道呢！」小勇笑著回應。

「其實也不是太難吃啦，只是難聞而已，哈哈。」

「當時如果我們沒有犯鯊魚王的規則，可能就沒法學會西西弗斯和伊卡洛斯的紋章了。」小勇裝備了西西弗斯的紋章，然後說。

也對，有時犯錯，也是成長的一部分。

小英裝備上伊卡洛斯紋章，飛上半空上看了一看阿歷山大港，然後又回到了小勇身邊。

　　「如果再試一次，你還會就這樣裝備水上行走紋章就**衝過去**歐洲大獵區嗎？」小勇在小英落地後問。

　　「會啊！有甚麼好怕的？你不會了？」

　　「我在想，其實以我們現在的實力，即使沒有『克蘇魯』紋章，也可以守護自己，還有重要的人的幸福吧。」小勇說。

　　「重點不是那個紋章，而是我們為『**幸福**』付出的努力吧。」小英看著遠方，然後答。

　　就在這時候，鯊魚王嘉威在水中冒出頭來，看著這兩隻少年恐龍。

　　「咦，鯊魚王，你來了？」小勇發現鯊魚王一直在聽他們說話。

　　「**哈哈**，你們找我有事嗎？」鯊魚王嘉威問。

小勇簡略地說了一下事件的經過，鯊魚王立刻爽快地答應派手下載小英去克里特島找奧薩瑪，再親自和小勇一起到歐洲找百樂絲。

奧薩瑪

小勇被鯊魚王的手下背到了雅典港，而鯊魚王也和他同行，在快到雅典港時，鯊魚王主動和小勇搭話。

　　「小勇，我一直有個問題想問，但我不知道會不會傷害到你，或者你和菲臘的感情。」鯊魚王雖然已經習慣了在**海上稱王**，但還是很會顧慮小勇的感受。

　　「我大概知道你想問甚麼了，和爸爸一起離開蘇丹時，我也同樣問了這個問題。」小勇回答。

　　「嗯，因為我覺得，每隻恐龍的幸福，都應該靠他們**自己爭取**。如果要為了那個甚麼幸福紋章而和美洲的恐龍們大打出手的話，究竟值不值得呢？」

　　「我不知道，但爸爸說，因為我和他都是可以裝備兩個紋章的恐龍，所以我們有責任為這世界的恐龍**做多一點**。」小勇抓了抓自己的頭。

　　「那你自己呢？你自己是怎想的？」

「我不想讓爸爸失望。」

　　「我比較簡單，我選擇要不要做一件事時，我會考慮的，就只有這件事的結果對我是否有利而已。」鯊魚王和小勇已經快到雅典的碼頭了，而百樂絲早就已經在碼頭那邊等待著他們。

　　「所以，你會幫我們嗎？」小勇問。

　　「當然會啦，因為我承諾過你，只要你出示一顆牙齒，我就答應你一個要求的嘛。」鯊魚王拿出小勇給他的那顆牙齒。

百樂絲

鯊魚王嘉威

「我早就收到斯芬克斯帶給我的口訊了，小勇，你先上來，我們再說吧。」百樂絲在岸上伸出了手，把小勇從碼頭拉上岸上。

「那我就**長話短說**了，我們需要你的強大戰力，才能奪得那個幸福紋章，『克蘇魯』。」小勇深深地鞠躬，請求來自雅典的大領主百樂絲幫忙。

「我聽到你剛才和鯊魚王的對話了。我呢，是贊成你父親所說的，既然我們擁有紋章之力，得到**眾神的眷顧**，我們就應該把這力量獻給其他恐龍，讓他們也可以幸福。可以得到你們的邀請，是我的榮幸。」百樂絲答。

「那太好了！」小勇再一次鞠躬。

「而且神諭也說『希望留給英勇的恐龍們』，所以我更加要跟你們走了。」百樂絲指著小勇，笑著說。

於是鯊魚王、百樂絲和小勇一起回到阿歷山大，鯊魚王沒法在淡水內生存，只好留在阿歷山大港等待消息，所以百樂絲和小勇一起回到開羅。

在回到伊巴謙宮殿時，小勇發現艾莉已經率先帶著雅偉和悉達多來到，而小英和奧薩瑪也在兩天後到達了宮殿，斯芬克斯、雪人和奇美拉也透過金字塔內的虛空之扉來到。

一眾實力強大的恐龍都聚集起來了！

　　伊巴謙和眾恐龍們圍成一個圈，打算開一個
作戰會議。

「首先我要感謝大家到來幫我和小勇，加入我們英勇聯盟，為了全世界恐龍的**福祉**，我們一起去把幸福紋章『克蘇魯』奪過來吧。」菲臘激昂地大喊。

「但爸爸你說『幸福守護聯盟』有上萬隻美洲的恐龍，而且不接受決鬥，每次都一擁而上。我們這邊就只有十幾隻恐龍，有可能贏嗎？」小勇問。

「對方在戰士的數量比我們多，而且地理環境也比我們熟悉；所以我們一定不可以正面進攻，我打算採用聲東擊西的戰略。」菲臘在地上用蘆葦畫出地圖。

「如果我們從虛空之扉傳送過去，就只能在他們嚴密守護的奇琴伊察出現，聲東擊西之計就不會成功了；但若我們不從虛空之扉傳送過去的話，在這裡要經過中東、亞洲、白令海峽再到美洲，要一年時間吧？看起來都不太可行。」奧薩

瑪提出質疑。

「所以我們要從*海路*過去美洲。」菲臘在地上畫出了世界地圖，但卻和平常不一樣，平常世界地圖美洲都在歐亞大陸的右邊，今次菲臘把美洲畫在歐洲和非洲的左邊。

「世界，亦即是地球，我們居住的星球，其實是一個*圓形的球體*，你往東走，走一年可以到達美洲，但如果我們從海路往西走的話，只要三個月，就可以到達美洲了。」雪人在菲臘畫的地圖上畫了一條線把歐洲和美洲連起來。

「對，有鯊魚王和他的手下幫助，我們英勇聯盟只要三個月，就可以到達美洲，我會故意強攻他們的對海要塞『圖林』，讓他們從奇琴伊察、泰卡爾和科潘派恐龍來作援軍；然後，小勇，你就去從虛空之扉傳送過去奇琴伊察，再把泰卡爾和科潘那裡各的紋章學起來，然後直接發動。」菲臘在另一邊的沙地上畫出了尤卡坦半島的地圖，點出了圖林的所在地，再把奇琴伊察、泰卡爾和科潘連成一條直線。

「我嗎？」

小勇指著自己的臉，用難以置信的聲音說。

「是你啊！他們以為只有我一隻恐龍能裝備雙紋章，不完整的紋章也會佔據位置，而且一旦解除，就**無法再次裝備**。」菲臘答。

「我明白了，要奪取紋章，就需要佔用紋章位置，如果不是小勇或是菲臘的話，奪取三分之一紋章後，就會失去戰鬥能力了。」小英說。

「答對了，他們也是為了這樣，才把紋章分別放在三個不同地方的。」菲臘答。

「所以，我要做的，就是偷偷地把紋章奪走，然後發動？」小勇確認。

「嗯，而且非你不行，即使被發現，你也可以用另一個紋章戰鬥，之前我對你說過，正因為我們是**萬中選一**的雙紋章戰士，所以我們才必須為這個世界做一點事，只有我們，才能讓所有恐龍都幸福。」菲臘再一次指了指地圖上奇琴伊察、泰卡爾和科潘三點。

大家也贊成菲臘這次的作戰計畫，菲臘、伊巴謙、雅偉、悉達多、奧薩瑪、百樂絲、雪人和奇美拉他們會在鯊魚王和他的手下幫助下橫渡大海，強攻海邊要塞「圖林」，當肯定科潘和泰卡爾的援軍趕到後，雪人就會通知斯芬克斯，讓他和艾莉、小勇、小英用虛空之扉直接入侵奇琴伊察，再飛到科潘和泰卡爾奪取紋章。

於是菲臘把三分一個克蘇魯紋章傳給小勇，然後大軍就往阿歷山大港出發，準備和鯊魚王會合；斯芬克斯、小英、小勇和艾莉則留在開羅，等候消息。

在開羅的這三個月間，小英和小勇在紋章戰鬥學校中訓練年輕的恐龍之餘，也把他們在印度學會的農耕技術教給埃及的恐龍們，尼羅河的泛濫平原非常肥沃，只是短短的三個月，收成已經相當不錯。

「小英，你知道嗎？其實我不明白為甚麼爸爸對那個幸福紋章要這麼**執著**。」小勇拿著農民種出來的甘筍在餵飼被圈養的草食恐龍。

「那是可以讓**全部恐龍**都幸福的紋章啊，執著也是正常的。」小英回答。

「但，我覺得即使沒有那個紋章，我們也可以活得幸福快樂吧？」

「我不知道，或許那個紋章可以帶來的幸福，是我們從來沒想像過的東西呢？」

「不能想像的幸福，是一種怎樣的幸福？」小勇看著自己手中的甘筍，送到面前的草食恐龍口中。

「以前你還沒懂得紋章戰鬥時，會以為只要用蠻力來戰鬥就會變強吧？那時你完全沒法想像如果用紋章戰鬥你會變得多強吧？用強力紋章讓全世界恐龍變得幸福，大概就跟這差不多。」小英用手摸了摸草食恐龍的頭。

「我們在印度時，卻發現了只依靠紋章戰鬥，會被紋章的能力局限住，無法再變得更強。」

「這當然啦，戰鬥最後還是要靠基本功和腦袋的結合，紋章只是輔助。」

「所以這是我搞不懂的地方啦，如果我一開始的戰鬥力就是壓倒性的強，那麼，我還有需要學習紋章戰鬥嗎？」小勇把手上所有的甘筍都餵完了。

「問題是，我們從來都不是**壓倒性**的強，所以只要透過鍛煉和學習紋章來讓自己變得更強。」小英回答。

「但我覺得幸福比戰鬥能力要簡單得多了，我只要一直和爸爸媽媽一起，我就夠幸福了。」

小勇露出了一個憂鬱的表情。

「所以你想 **叫停** 這次作戰？」

「也不是，看見爸爸這樣賣力地戰鬥，看見他這樣用心地期待我的表現，我也是很開心的；只是我有時就不禁會想，這真是我們想要的東西嗎？」

「有時你不用想太多，做就對了，未來是靠我們**自己開創**的。」小英拍了拍小勇的肩膊，然後說。

「你們兩隻恐龍還在那邊嘮叨甚麼？我姐姐傳來訊息了，我們可以傳送過去了！」斯芬克斯這時出現，打斷了兩隻恐龍的對話。

第七話

奇琴伊察的陷阱

　　斯芬克斯、小英、小勇和艾莉走進了開羅金字塔的內部，艾莉帶著一把火把，把虛空之扉所在那個密室中的油燈點亮，在他們面前的，是兩道**傳送門**，一道會傳送到 K2 的山頂，而另一道，則會傳送到奇琴伊察金字塔的內部。

首先進到虛空之扉內的是斯芬克斯，然後是小英，接著是艾莉。

　　最後，只有小勇一個還留在開羅；小勇深深地吸了一口氣，他知道，在拿到那個叫做「克蘇魯」的紋章前，父親都**不會收手**，所以他沒有選擇，他只可以走進這個虛空之扉內，把這紋章奪過來一條路可以走。

奇琴伊察金字塔

離開虛空之扉後，小勇發現**奇琴伊察金字塔**的結構和開羅金字塔相當不同，奇琴伊察金字塔的內部有一條垂直的管道直通頂端，而金字塔的頂端是一個祭壇，而祭壇的正面有一條通到地面上的階梯，階梯兩旁用石頭雕刻成兩條大羽蛇，蛇頭在地上張開**血盆大口**，建築得非常精緻。

小勇爬到管道的最上方，卻看不見斯芬克斯和小英他們，已經覺得有點奇怪，再看向天上，也找不著艾莉；一陣不安感覺籠罩著小勇，因為不只自己的同伴，整個奇琴伊察裡面，小勇看不到任何一隻恐龍、甚至其他生物。

小勇沿著樓梯**小心翼翼**地往下爬，在到了地面的一刻，突然腳下踏空，掉到了一個大約三米深的洞內。

這時洞口出現了一大班恐龍，裝備了玉米神卡克斯的紋章，手上持著玉米狀的長矛指著他；而其中一隻手持玉米狀長矛的恐龍，是尼諾，是那隻因為偷吃了**生命之樹**粉末，而獲得不死之身的恐手龍。

尼諾驕傲地說：

我沒說錯吧，他們會用聲東擊西之計。

特雷斯

尼諾

「還好你來通報，否則『克蘇魯』紋章就一定會被他們奪去了。」帶頭的暴龍說。

「特雷斯，可以把他交給我發落嗎？」尼諾用**恭敬**的語氣說，比起上次小勇看見尼諾時，尼諾明顯成熟了很多，而且也學懂了紋章戰鬥的方法。

「不可以，我要把他帶到圖林，他是我們戰勝這場戰爭、守護幸福紋章『克蘇魯』的關鍵。」那隻帶頭，叫做特雷斯的暴龍用威嚴的聲音說。

就這樣，眾恐龍把小勇綁了起來，放在一隻三角龍的背上，向著圖林出發，途中尼諾不時對小勇**拳打腳踢**，用來發洩他一直以來的恨意。

「嘿！這場戰爭打贏後，我一定會把你弄得**求生不得、求死不能**。」尼諾一邊用頭撞被綁在三角龍背上的小勇，一邊說。

「我到現在也不明白，為甚麼你要這麼恨我們。」小勇暗地裡裝備了聖甲蟲之神凱布利的紋章，讓自己的皮膚變硬。

「因為你沒受過我受到的苦呀！本來我就應該餓死在烏克魯的，完全是因為你，我才會吃了那個甚麼粉末，現在無論我受到如何強烈的痛苦，我都不會死。」

「那不是好事嗎？你擁有不死之身，無論是如何艱苦的戰鬥，你也立於不敗之地。」小勇問。

「我只是不會死，卻不是不會痛。」尼諾一邊說，一邊一拳揍向小勇的腹部。

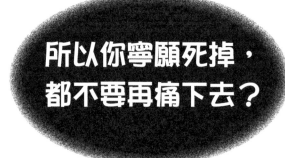

所以你寧願死掉，
都不要再痛下去？

我不想死呀！哪有恐龍想死的？問題是如果我已經受夠了足以讓自己死亡的痛苦！我本來就應該死掉，但現在的我，卻被你們害得要一直承受那種痛苦！

小勇搖了搖頭，表示不能理解。

「在印度 **重獲自由** 後，我一直有跟蹤著你們，我一直在想要用甚麼方法才可以對你們復仇。」尼諾繼續說。

我們卻都沒有發現，你還蠻厲害的！

「你們根本沒把我放在眼內吧，直到你們發現了菲臘，聽到關於『幸福守護聯盟』的事時，我就知道機會來了。」

「我明白了，但你是怎樣來到美洲的？」小勇不相信尼諾竟然也登上了那個險峻的K2。

「就跟你們一樣啊，登上那個 **魔山**，只不過我在中途凍得快要死了幾次，又從高處跌下來幾次，還有被落冰擲中過幾次罷了。」

「但你還是攀上去了，真的厲害。」

「你聽得懂嗎？雖然我不會死，但我是會痛的！你能想像到我要受多大的**痛苦**才能攀上那座魔山嗎？」

「然後呢？你跟我們回到開羅？然後把整個作戰計畫都偷聽到了？」

「對，然後我就來投靠『幸福守護聯盟』了，這次你們全部都要受我受過的苦。」尼諾**咬牙切齒**地答。

「有一點我還是不明白的，就是小英和斯芬克斯他們被你們捉到哪裡去了？」

「啊？那個嗎？是特雷斯那個『哈斯塔』紋章的能力啦！可以把恐龍傳送到異空間的紋章！他們已經沒有**任何方法**可以回來了！嘿嘿！」尼諾驕傲地說。

哈斯塔白金紋章

「那麼，說起來，是我害了他們。」

「還有我呢？被你害得最慘的，是我呀！」

「我沒有否認，但我不知道可以怎樣補償你的痛苦，或許我想問你一個問題，你現在活得幸福嗎？」小勇懇切地問。

「現在？」尼諾側了側頭，和被綁著的小勇**目光相接**。

「嗯，現在。」

「現在還可以吧，但明天就不知道了。」
尼諾答。

「那就很好呀，大家活在這個世界上，就是要追求幸福；如果紋章的力量讓你不能不活在這個世上的話，你就努力地讓自己幸福吧。」

「**廢話**！」尼諾一邊說，一邊又用盡全力向小勇的頭顱一拳打過去。

　　到了圖林，特雷斯讓手下把小勇綁在一根柱子上，然後在向著海洋的一面把柱子佇立起來，下面還堆著一堆木柴。

「**菲臘，你的兒子已經被我們捉住了，你們投降吧！**」特雷斯站在柱子旁大聲地向海洋的方向喊話。

「這是我和你之間的戰爭，不關我兒子的事吧？」菲臘站在鯊魚王的背上，對特雷斯回喊。

「如果你們不投降，我就把你兒子燒成**焦炭**！」特雷斯一邊說，一邊指揮站在一旁的尼諾，尼諾舉起了手上的火把，示意隨時都可以把木柴點燃。

「你下來，我和你一對一決鬥！我兒子是無辜的！」

「或者你上來我們來一場**終極決戰**？你知道我們不信一對一決鬥這一套的！」

原來當大軍來到圖林時，因為尼諾預早通風報信，特雷斯早就在圖林佈下了**重兵**，菲臘他們沒法登岸強攻圖林，同時地特雷斯的士兵當中只有很少水生恐龍，只要一下水，就會被鯊魚王

的手下招呼，就算讓士兵裝備水上行走紋章，在海面上也很難打得贏可以騎在水生恐龍背上作戰的菲臘他們。

菲臘心想只要引開大軍讓小勇在內陸搶奪紋章就好，所以也不急於進攻，而特雷斯這邊亦不敢貿貿然攻進海中，以免**損兵折將**，於是兩幫恐龍一直在對峙狀態。

但現在形勢逆轉，小勇被尼諾埋伏成功，成為了俘虜。而特雷斯也毫不猶疑地就把小勇當作人質，來要挾菲臘他們投降。

「沒法子了，攻上去吧！先把小勇救回來再說！」百樂絲說到一半，就裝備了金紋章女神雅典娜，憑空召喚出八隻**恐龍戰士**，八隻分別從不同的方向從水裡跳出來，準備爬上小勇的所在地救他。

幸福守護聯盟的士兵們當然不會輕易讓百樂絲得逞，每一隻都裝備了玉米神卡克斯的紋章，

手上持著玉米狀的長矛，再從長矛的頂端中發出光線，攻擊那八隻由百樂絲召喚出來的恐龍。

　　單單是圖林的城牆上，就有上百隻這種手持玉米長矛的恐龍，一起發射的光線就好像下雨一樣灑向召喚恐龍身上，不消一刻，八隻恐龍都被打回到海洋裡。

　　「別做**無謂的反抗**了，投降吧！」特雷斯說到一半時，尼諾也把火把放下了一半。

　　這時悉達多出現在尼諾的旁邊，拉住了尼諾拿火把的手，並且把火把搶了過來，再掉進海裡，悉達多身上的釋迦牟尼紋章擁有「**無色無相**」的能力，那些玉米光線不可能傷到他分毫。

　　「悉達多，接住我！」這時伊巴謙和奇美拉一起用力地把雅偉拋向城牆的上方，只要雅偉能站在城牆上發動唯一真主阿拉紋章，附近其他紋章的持續能力一概無效，應該就可以讓所有玉米長矛都消失。

但特雷斯的反應也很快，搶在悉達多接住雅偉之前，就發動了「哈斯塔」紋章，把悉達多和雅偉一起傳送到了異空間，在其他恐龍眼中看來，悉達多和雅偉就好像憑空消失了一樣。

哈斯塔白金紋章

這時候，奧薩瑪和菲臘已經從另一邊爬上了城牆，奧薩瑪一手把柱子上的繩索扯斷，小勇被綁太久，**血氣不順**，所以雙膝一軟，跪在木柴堆上。

這時特雷斯回過身來，也沒有理會奧薩瑪，打算直接再次發動「哈斯塔」紋章，把菲臘也傳到異世界去。

菲臘已經見過這招幾次了，所以**先發制人**，裝備了天神之創造物「恩基杜」白金紋章，強制解除了特雷斯的「哈斯塔」紋章；特雷斯立刻把紋章換為羽蛇神庫庫爾坎，召喚出兩條羽蛇來攻擊菲臘。

菲臘不可以解除「恩基杜」紋章，否則特雷斯就可以換回威力強大的「哈斯塔」紋章；但菲臘是傳說中的雙紋章戰士，所以他在這個時間裝備了**元始天尊**白金紋章，使出了兩發氣功波，把羽蛇擊退。

恩基杜白金紋章

元始天尊白金紋章

羽蛇神庫庫爾坎
金紋章

但羽蛇生命力十分頑強，立刻就再次向菲臘發動攻擊。特雷斯又怎會放過這個機會，直接衝上去和羽蛇一起夾擊菲臘。

同一時間，奧薩瑪和小勇已經被尼諾帶領的士兵**重重包圍**，數十支玉米長矛只要一發動攻擊，小勇和奧薩瑪就會一起被光線轟成一個蜜蜂窩。

突然，小英和艾莉在空中出現，奧薩瑪見**機不可失**，立刻把小勇向上一拋，自己再裝備冥王奧西里斯紋章，衝向包圍他的士兵。

小英準確地接住小勇，然後極速地向內陸飛去，小英全速前進，飛了半小時才把追來的無齒翼龍士兵甩掉。

「你們從那個『哈斯塔』紋章的異空間逃出來了嗎？」小勇問小英。

「甚麼異空間？」艾莉問。

「就是那隻暴龍的紋章能力啦，可以一下子把恐龍**整隻**傳送去異空間。」小勇說出他知道的情報。

「就是讓斯芬克斯憑空消失的那個能力吧？我看見**勢色不對**，就拉著艾莉立刻進了另一道虛空之扉，逃到 K2 的山頂去了，但當我們再回來時，你已經被那隻暴龍捉走了，他們有上百隻恐龍，我一直找不到機會救你。」小英答。

「但你現在還是把我救出來了，多謝你們。」小勇不好意思地說。

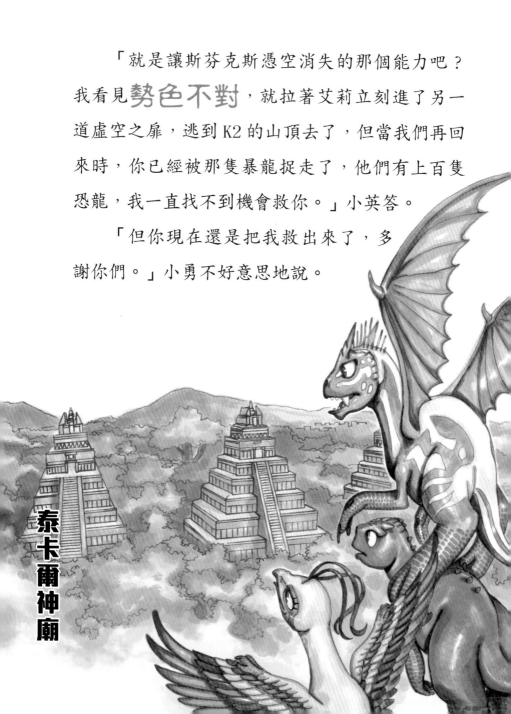

泰卡爾神廟

「現在我們怎樣？要回去助戰，還是直接去找那個『幸福』紋章？」艾莉問。

「當然是去找紋章啦！我們不能**白費**他們透過苦戰換回來的時間！」小英認真地答，然後小勇在一旁不住點頭。

「看，前面叢林中有幾個**金字塔**，是那邊嗎？」艾莉指著三個從樹木中露出頂部的金字塔問。

「沒錯，之前父親和我說過，那是泰卡爾的神廟，分別有三個，而紋章是在其中一個的內部。」小勇說。

第九話
幸福紋章克蘇魯

　　小英、小勇和艾莉在離金字塔稍遠的地方降落，發現**幸福守護聯盟**早就在泰卡爾佈防，要道之間都有恐龍士兵一直在巡邏，要是魯莽地衝過去，勢必會被**重重圍困**。

　　「我先去打聽一下究竟紋章石藏在哪個金字塔內，然後小英你和我把守衛引開，小勇你就去裝備紋章，這樣好嗎？」艾莉提議。

我有沒有聽錯？
你竟然提出這麼實用的建議！

　　小英忍不住由心而發地說。

　　「我的意見明明一直都很有用！」艾莉反駁，在一旁的小勇已經笑得彎下腰來。

　　「趁你還在這個『**有用**』的狀態時，你快過去吧。」小英也一起按著肚子在笑。

　　「**你們真壞！**」艾莉沒好氣地回答，然後也不理會兩隻少年恐龍，自己飛到通道的中心，直直的向著其中一隻恐龍士兵飛去。

　　「兵大哥你好！我是從北方來的，請問這幾座是甚麼？」艾莉指著士兵背後的金字塔，問。

「這裡不是**旅遊景點**，你快點離開吧。」士兵看得出艾莉沒有戰鬥能力，於是也收起了玉米長矛，但還是勸艾莉離開。

「但我在北方從來沒見過這樣厲害的建築啦，拜託你告訴我吧？」艾莉稍為裝了一下可愛。

「我告訴你後，你就要離開啊！這是泰卡爾神廟群，是用來保護『克蘇魯』紋章石的，最近有些壞蛋恐龍要來偷走『克蘇魯』紋章，所以我們聯盟現在是不會讓任何生物接近這三座神廟的。」士兵不太抵得住艾莉的語氣，所以希望以此打發她走。

「所以紋章石是有三塊？」

「不是啦，只有右邊那一座放了紋章石，你別問啦，快點走吧！」士兵連忙揮手勸艾莉離開。

「**小英！**」艾莉卻沒有理會士兵，突然大喊小英的名字。

小英收到訊號，立刻裝備上自己最喜愛的連

擊紋章泛濫之神庫奴杜，這個紋章在印度時被布瑪使用梵天紋章的力量**強化過**，現在的每一下連擊，攻擊力都會是第一下的兩倍。

即是說，小英現在只要連擊十次，第十次攻擊的力量，就會是第一次攻擊的一千零二十四倍。

小英使用這個霸道的紋章，一下子就擊倒了剛才和艾莉談話的士兵，然後單憑一己之力，再連續擊倒了十數隻來增援的恐龍。

泛濫之神銅紋章
十連擊

小勇也知道是時候了，一口氣向著右邊的金字塔神廟衝過去，並且在途中就裝備上另一個由梵天紋章強化過的反擊紋章，貓神巴絲特。裝備後，小勇每受一次攻擊，紋章就可以反擊四次，每個拿著玉米棒向小勇發射光線的士兵都被反射過來的光線弄得**手忙腳亂**。

小勇趁著這小小的時間，用盡全力跑上了右邊金字塔頂的祭壇，再從祭壇中的垂直通道跳了下去。

小英和艾莉知道小勇要成功了，小英飛到祭壇上方降落，等候小勇爬上來，而艾莉則在更高的上空盤旋。小英再次用他霸道的連擊把爬上金字塔的恐龍士兵**一一擊退**，然後小勇拿著紋章石，從垂直通道裡爬上來。

小英把紋章轉換成伊卡洛斯，帶著小勇飛走。

「呼！成功了！」

小勇一邊說，一邊把紋章石上那三分一個克蘇魯紋章裝備在身上。

「對，只剩最後一片了，我們飛過去吧！」小英回答後，和艾莉全速向南飛行，而小勇也把沒了紋章的紋章石隨手就丟掉了。

克蘇魯紋章

飛了大約一小時，他們來到了科潘的附近，和泰卡爾不同的是，科潘城內插滿了幸福守護聯盟的旗幟，在城內的恐龍士兵數量，應該是泰卡爾的兩到三倍，而且，他們明顯比泰卡爾的士兵更為戒備。

　　小英、小勇和艾莉只好在更遠的地方降落，否則一定會被發現。

　　「怎麼會有這麼多恐龍士兵？」小英忍不住問。

　　「這樣就不能重施故技了。」艾莉說。

　　「而且他們的警戒也很高，可能已經知道我們拿到泰卡爾那三分一的紋章了。」小勇分析。

　　「我們可是全速飛過來的，有哪隻報訊的恐龍可以飛得比我們快？」艾莉自信地說道。

　　「是那些有顏色的煙吧？」小英指著每隔數公里就一束的濃煙。

「嘩，厲害，在兩座城市中間設置了連綿不斷的坎煙塔，一個接一個地點燃的話，就可以把顏色訊號**瞬間**傳送到另一座城市了！」小勇讚嘆道。

「現在不是讚嘆這個的時候吧，我們要怎樣潛進去好呢？」艾莉問。

「沒可能吧，我們等晚上再進攻好了。」小勇決定。

但到了晚上，**月圓之夜**，月亮把街道都照得發亮，而且所有道路都有恐龍士兵通宵看守，根本就無法進攻。小英、小勇和艾莉唯有等待月黑風高的時候再行動，於是他們每晚都在城外埋伏著，等候守衛鬆懈的一刻。

可惜守衛們每晚都盡責地站崗，準時換班，完全沒有一點鬆懈的痕跡。

直到兩星期後，他們發現特雷斯用木柱綁著菲臘，帶著大軍，浩浩蕩蕩地回到科潘城這邊來。

然後特雷斯用在圖林使用過的同一招，把菲臘綁在柱子上，掛在城門外，由尼諾負責守衛。而特雷斯自己則每天都會在城牆上大喊，叫小勇**現身投降**，再把克蘇魯紋章交還。

　　「可惡，我一定要救爸爸啦！」小勇躲在城外的叢林深處，輕聲地對小英說。

　　「**現在出去，和送死沒有分別。**」小英勸阻他。

　　「不如我把紋章交還給他們吧，我們根本就不需要這個紋章呀！其他同伴們不是被他們殺死，就是被那個怪紋章傳送到異世界了，我們追求的幸福不是這樣的吧！」小勇說著說著，眼淚早就忍不住了。

　　「停啦！**愛哭鬼**！你以為你交出紋章他們就會放過你嗎？你想想，至少單單是尼諾就不會放過我們吧！」小英說。

「那要怎麼辦好？」

「我們反過來將他們送到異世界好了！」

小勇會意過來，於是他們開始等待，等待特雷斯再次出來對小勇喊話的時刻。

「**紋章小偷**，你快點現身吧，只要你交還『克蘇魯』紋章的碎片，我就放你的爸爸離開，也不會傷害你們。」特雷斯果然就在黎明時份走到城牆上喊話了。

「**我投降**，我把紋章交出來，你千萬不要傷害我爸爸。」小勇走出來，舉高雙手，示意投降，再一步步地向城牆走去。

「很好，你終於明白了，守護『克蘇魯』紋章是我們『幸福守護聯盟』的職責，在這一場戰爭中，我們雙方傷亡都太多了，就這樣讓戰爭結束吧！」特雷斯繼續大喊。

無敵之神
基迦美修白金紋章

哈斯塔白金紋章

「好，就是現在！」小勇已經足夠接近城牆，奮力向著特雷斯跳過去。

特雷斯**猝不及防**，只好下意識地立刻裝備自己最強的紋章「哈斯塔」，打算把小勇傳送到異空間去，但又看見小勇身上那三分之二個「克蘇魯」紋章，如果把小勇傳到異空間的話，「克蘇魯」紋章就再也要不回來了，就這一刻的猶疑，讓小勇裝備上了天神之創造物「恩基杜」白金紋章，強制地解除了「哈斯塔」紋章。

而一直躲在一旁的小英算準時間現身，裝備了**無敵之神**「基迦美修」紋章，可以複製對手剛解除的紋章給自己使用，於是現在裝備著「哈斯塔」紋章的恐龍，變成了小英。

小英立刻發動「哈斯塔」紋章的能力，一下子把守衛菲臘的尼諾傳送到異空間去。

「好，成功了！小勇，你去那座神廟中拿走紋章石吧！**我們勝利了！**」小英一邊大叫，一邊按著特雷斯的頭，以防他反抗，但暫時不可以把他傳送到異空間，怕會因此取消了紋章能力。

小勇點了點頭，直向神廟中衝去，途中所有截擊他的恐龍士兵，都被小英無情地傳送到異空間去。

小勇終於拿到了紋章石，並且完成了幸福紋章「克蘇魯」，然後回到了城牆邊，那時艾莉已經從柱子上把菲臘救了下來。

「*爸爸，我拿到了幸福紋章『克蘇魯』了！你是不是就會一直留在我和媽媽的身邊？*」小勇一邊哭，一邊指著自己身上那個克蘇魯紋章。

「小勇，你把紋章發動吧！只要紋章一發動，世界上所有的恐龍都可以得到幸福了！」菲臘說。

千萬不要！幸福紋章『克蘇魯』的能力是把世界毀滅，不是讓世界上所有的恐龍都得到幸福！我求你們，千萬不要發動這個紋章的能力。

特雷斯被小英綁在柱子上，喝止小勇。

「小勇，你不要聽他說，我們一直在追求的幸福紋章終於到手了，我們有這麼多的同伴被他傳到異空間，付出了這麼多，幸福終於都到手了，怎麼可能不發動這個紋章！」菲臘抱著小勇，被綁在柱子上多日，菲臘已經**有氣無力**，這個擁抱就像空氣一樣虛無。

「我是說真的，只要你一發動這個紋章，**世界上就再也沒有恐龍了**！」特雷斯再說。

「我就不明白，守護這個紋章的責任，有比全世界恐龍的幸福來得重要嗎？為甚麼到了這個地步你還要阻止我們得到幸福呢？」菲臘對著特雷斯罵。

小勇不知**如何是好**，於是看向小英，小英沒有說話，過來用手搭著小勇的肩膀，給他支持。

「你們別吵架了，爸爸，為了你，我會發動紋章的。」小勇說完這句話之後，發動了克蘇魯紋章的能力。

第十話
從此幸福快樂地生活下去

　　紋章發動之後，明明是黎明時分，天上卻出現了一個又圓又大，而且火紅色的月亮。大家抬頭看著這個火紅色的月亮，發現它正漸漸變得愈來愈大。

明顯地，這個「月亮」正要撞上地球。

「沒救了，已經沒救了。」
特雷斯一邊搖頭，一邊看著頭上那個正要掉到大家頭上的火紅色星體。

「所以……所以……克蘇魯紋章的能力是召喚一個星體擲向地球？」菲臘難以置信地問。

「沒有人知道它的實際能力，我們只是世代相傳要守護這個紋章，無論如何，都不能讓它發動。我們要像守護自己的幸福一樣守護這個紋章。」特雷斯答。

「我錯了，我錯了。」菲臘受到的打擊不少，畢竟他把一生都奉獻給這個會讓恐龍「幸福」的紋章，但最後，這個紋章的力量卻將要把世界毀滅。

小勇也一樣，看著那顆一秒比一秒接近的星體，重複地自言自語……

「**喂！你們！現在不是怪責自己的時候啦！快想辦法！**」艾莉尖聲大叫。

「對！現在可以怎樣做？喂！特雷斯，這個紋章可以把那個星體送到異世界去嗎？」小英指著自己身上的哈斯特紋章。

「**不能啦！**那個紋章只能傳送生物。」特雷斯搖頭。

「等等！特雷斯，你有去過那個異空間嗎？」小勇問。

「沒有，因為沒人回來過呀！我也不知道被送過去的恐龍現在變得怎樣了！」特雷斯再次搖頭。

星體也在他們談話的期間，變得更大，更火紅了。

「那總比我們留在這裡被天上掉下來的星體砸死要好吧！來！我們一起逃到異空間吧！小

英，你先把我們傳送過去，然後你也傳過來！」小勇提議。

「這樣真的好嗎？」小英問。

「我們也沒有其他選擇吧。」小勇答。

小英深深地吸了一口氣，然後開始發動紋章能力，把在場的恐龍們一隻一隻地傳送到異空間去。在這段時間，克蘇魯製造出來的星體愈來愈接近地球，在它砸在地球上的前一刻，小英把自己也一併傳送到異空間去。

星體直徑長達十二公里，毫不留情地撞上了尤卡坦半島的北端，繼而產生了一場極大的爆炸，頃刻之間地動山搖，石頭和泥土被熔化、濺起，塵土和熔化的石頭飄散在全球的空氣內，部分被濺起的物質甚至一路飛上月球表面，濃煙籠罩了整個世界，也遮蔽了陽光，整個世界劇烈降溫，大多數生物承受不了寒冷而死亡。

「克蘇魯」紋章，

徹底地毀滅了原來的世界，

也結束了恐龍對地球的統治。

後話

異空間裡，本來風和日麗、鳥語花香。

小勇甫被傳送到來這個地方，就看到菲臘、伊巴謙、雅偉、悉達多、奧薩瑪、百樂絲、雪人、奇美拉、斯芬克斯、鯊魚王、艾莉，甚至特雷斯，加上其他許多許多的恐龍，都在那裡。

「**你也來了？**」語氣不善的尼諾開口。

「嗯，我來了。」小勇回答。

「大家都在？」小英最後來到。

「嘿！即使到了這裡，我也不會原諒你們的！」尼諾狼狼地說完之後，轉身離開。

只要是群居生物，**愛恨情仇**，總是沒完沒了。

另一個世界的恐龍故事，
在不知名的時空，又再上演。

大有山雨欲來之感呢！

全書完

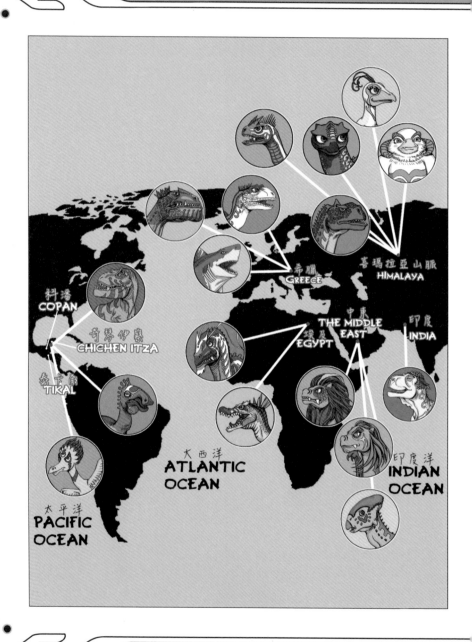

K2

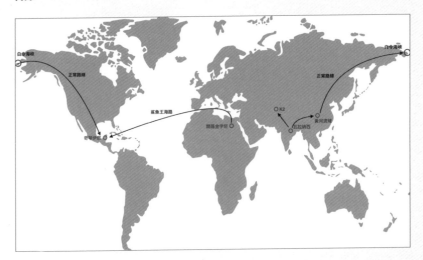

　　K2 是世界上第二高的山峰，亦是世界上最難攀登的山峰，屬於喀喇崑崙山脈，位於巴基斯坦與中國邊界上，海拔 8,611 米，中文稱它為喬戈里，名字取自於塔吉克語「高大雄偉」的意思，但國際上或登山界大都以 K2 來稱呼這座山峰。

　　在 1856 年，西方第一次有探險隊來到附近地區，觀察到喀喇崑崙山脈自西向東的 5 座主要山峰，就直接以 K1 至 K5 命名，沿用至今。

　　K2 由於山勢險峻，天氣變幻莫測，被登山界公認為全世界最難攀登的山峰。在 1990 年之前，登山的死亡率

高達 41%，即是每五個登山者，就有兩個會死在山上，死亡的原因有雪崩、氣溫驟降、暴風雪、跌傷等等。

　　2008 年 8 月 2 日，17 名登山者在登頂後返回時遇上雪崩，其中 11 人身亡，是 K2 登山史上最多人死亡的山難。

　　直到 2021 年前，從來沒有人類成功在冬天登上 K2。2021 年 1 月 16 日，尼泊爾登山隊才成為歷史上首隊成功冬攀 K2 的登山者，寫下了歷史。

　　小勇為了尋找傳說中的虛空之扉猶格・索托斯紋章，要登上 K2 的頂部，對於沒有登山經驗或是裝備的少年恐龍來說，果然是一個大挑戰呢！

白令陸橋

　　人類起源於非洲，但早在一萬年前的美洲，就已經有人類居住，但美洲大陸和歐亞大陸相隔著大西洋和太平洋，所以人類在遠古時代是如何跨過這兩個大海洋，然後定居在美洲大陸的呢？

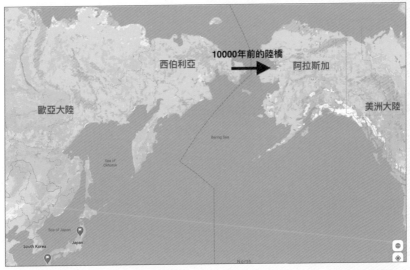

　　如果小勇用正常路線從印度去到中美洲，他就先要跨過喜瑪拉亞山脈，到達今天的西藏地區，然後再向東北走向黃河流域，到海邊後再往北走，一直走到白令海峽，飛越白令海峽後，才能進入美洲。小英有伊卡洛斯紋章，

所以可以飛越白令海峽，但一萬年前的人類呢？

　　原來在一萬年前，由於冰河時代的海平面較現時為低，所以在白令海峽的位置上，是一條大型的陸橋，各種動物，包括人類，都可以通過白令陸橋在美洲大陸和歐亞大陸中間自由通行。

瑪雅文明遺跡

　　位於中美洲的古文明，瑪雅文明留下了眾多的遺跡，現在我們就跟隨小勇的步伐去逐一認識他們吧！

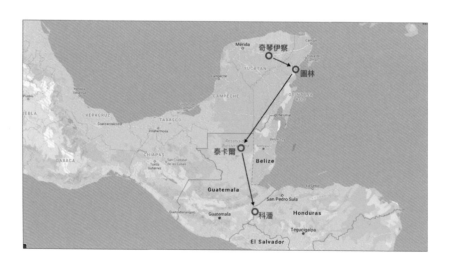

奇琴伊察

奇琴伊察是一個位於墨西哥尤卡坦半島的瑪雅文明遺址，由於中間有一座完好保存的金字塔 El Castillo（西班牙語，意為「城堡」），被譽為世界新七大奇蹟之一。

從公元前六世紀到公元後十世紀早期，奇琴伊察都是瑪雅的主要城市，名字奇琴伊察的由來是瑪雅語「Chich'en Itza」，意思是「水井口」，而實際上奇琴伊察的地下有著一個大型的地下溶洞網絡，該網絡是由幾億年前的大型殞石撞擊形成的。

奇琴伊察當地有三個終年可以提供水源的溶井，水下連接著大型的地下溶洞網絡，那三個溶井為瑪雅文明提供了重要的水源，地球上大多古文明都是源著河流發展的，但瑪雅文明是一個例外，尤卡坦半島附近並沒有任何大型的河流，供水全部都只能依賴儲存雨水和溶井。

直到十六世紀，西班牙人來到墨西哥，以武力征服了瑪雅人，也正式結束了瑪雅人對尤卡坦半島多年來的統治。

小勇通過傳送紋章來到的，正是 El Castillo 的內部。

圖林

圖林是瑪雅時期在尤卡坦半島面向太平洋的港口，在 12 米高的懸崖上建設的堡壘，是瑪雅文明晚年才建造的城市，即使被西班牙人侵佔後，圖林還是存在了超過 70 年，因為疫症才導致荒廢。

瑪雅人稱呼這個海邊城市做 Zama，意思是「日出之城」，因為圖林的東面就是大西洋，因此每天都可以看到從海平面而來的日出。圖林這個名字也有「圍欄」的意思，用來對抗來自海上的敵人。

「英勇聯盟」集結的大軍就是在圖林和美洲的「守護幸福聯盟」發生大戰，最後才救出了在奇琴伊察中計被俘的小勇。

泰卡爾

　　泰卡爾是目前發現過最大的瑪雅都市，他位於現在危地馬拉的雨林之中，在 1979 年被登記為世界遺產。

　　泰卡爾在公元前四世紀興建，而在公元 200 年到 900 年間是其繁盛的頂峰，直到公元後十世紀末因為被佔領而荒廢，宮殿也在當時被燒毀，是瑪雅文明由盛轉衰的標誌之一。

泰卡爾名字在瑪雅語中意指「在水池邊」，這個名字不是原名，是西班牙人來到之後從瑪雅人身上打聽到的，於是就流傳至今。而根據城內碑銘上的瑪雅象形文字，這個城市名叫做 Yax Mutal，意思是「最偉大的繩結」，大概是因為這裡匯集了各處的人而命名。

泰卡爾遺址中有幾百幢古代建築，有神廟、金字塔、宮殿、住所、球場、監獄等等，佔地 60 平方公里，是整個九龍半島的 1.5 倍。

科潘

科潘位於今日的洪都拉斯，建立於海拔 700 米以上的肥沃河流流域之中，是瑪雅城邦中被發現最靠南邊的一個，在 1980 年也被認定了作為世界遺產。

科潘大約於公元二世紀興建，在公元五世紀到九世紀是她最興盛的時期，和其他瑪雅城邦一樣，最後被遺棄或者荒廢。

瑪雅時代科潘被稱為 Oxwitik，意思為「三個 witik」，但 witik 的意思在今天已不可考。

和其他瑪雅城市不同，科潘有可以依存的河流，而且也有對抗洪水的經驗，居民在建築物上也做了各式各樣的措施來減低洪水的破壞。

小勇在這裡集齊了克蘇魯紋章，並且將它發動。

瑪雅文明的興盛與殞落

瑪雅文明是位於中美洲發展的古文明，由墨西哥的尤卡坦半島一直伸延到南面太平洋海岸的平原，雖然瑪雅文明的技術只停留在銅石並用的水平，但他們的天文學、曆法、數學、藝術、建築及文字等方面，卻遙遙領先世界其他地方。

大約公元前 2000 年，在中美洲開始出現瑪雅人的群居聚落，他們主要種植玉米、豆類、南瓜和辣椒作為主要食物，到了公元前 750 年開始出現早期的城市，公元前 500 年已經建成外牆經精心粉刷的大型神廟，這種大型神廟建築形狀是一個正方錐體，與埃及的金字塔有異曲同工之妙，但實際上結構卻不盡相同。

瑪雅文明大約在公元後 250 年至 900 年間最為繁盛，多個大型城市和聚落分佈於整個中美洲，貿易、文化和人口都可謂一時無兩，直到公元九世紀，瑪雅文明的中部地區突然出現集體性的政治崩潰，引發連年內亂，大量城市陷入廢棄，人口開始北移。

在公元後 1000 年至 1520 年，來自墨西哥腹地的托爾特克人征服了瑪雅地區北部的尤卡坦半島，建立起強大的奇琴伊察城邦，戰禍連年，瑪雅文化敗勢已成。

到了十六世紀，西班牙人帶著槍炮來臨，整個中美

洲被從海路而來的歐洲人征服，各個瑪雅城邦也難以倖存，1697 年，最後一個瑪雅城邦諾赫佩滕陷落，瑪雅文明就此滅亡。

　　瑪雅人擁有超前世代的象形文字系統，如今已經發現有上萬份獨立文字記載，大部分是石質的紀念碑、門楣和陶器上的銘文。到了今天，大部分的瑪雅書面文段已經完全被破解，當中有不少關於數字、曆法上的發現讓現代人都要瞠目結舌。

馬雅人採用二十進位的數字系統，數字由點和橫組成，而且在世界上，巴比倫人、埃及人、瑪雅人以及印度人分別獨立發明了「零」這個概念，而瑪雅人則是最早用一個特別字符去顯示「零」這個概念的人。

馬雅人除了「零」以外，在曆法上的成就也不同凡響，他們的曆法有一直計算到六千三百萬年以後的單位，這比起現代曆法只能算到公元後一萬年來得更為先進。

天文學方面，馬雅祭司細緻地觀察了天體，詳細地記錄了太陽、月亮、金星和其他星體的天文學運動數據，可以準確地預測日食、月食這些天文現象出現的時間。當時的祭師認為這些天文學現象和現實發生的事情相關，所以這些數據都是作為占卜的用途。

馬雅人在宗教上，認為神話諸神都居住在一個超自然領域內，他們需要由獻祭等宗教儀式來取悅、安撫。

羽蛇神是在中部美洲文明中普遍信奉的神祇，瑪雅人也不例外，他的形象是一條長滿羽毛的蛇。最早見於奧爾梅克文明，瑪雅人稱之為庫庫爾坎（Kukulkan）。

按照傳說，羽蛇主宰著晨星、發明書籍、曆法，而且給人類帶來玉米。羽蛇神還代表著死亡和重生，是祭司的守護神。

瑪雅神祇

雕像	名稱	簡介
	羽蛇神	主宰著晨星、發明書籍、曆法，而且給人類帶來玉米。 還代表著死亡和重生，是祭司的守護神。
	卡克斯	讓地上長出新芽成長，在地平線的四個角落生出生命之樹。

非人諸神的虛擬世界

　　克蘇魯神話（Cthulhu Mythos）是一群作者集體創作出來的幻想虛擬神話，起源是一個美國作家洛夫克拉夫特（Lovecraft）的小說《克蘇魯的呼喚》（1926 年出版），其他作家紛紛起用這個非人諸神的世界觀來創作小說，從而慢慢地建構出來的神話體系。

　　克蘇魯神話中的神分為幾個類別，分別有外神、舊日支配者、古神等等，其中外神是最為強大的存在，是宇宙運行的力量本身，也就是超越宇宙的存在；而舊日支配者是宇宙中強大而古老的存在，她們不如外神般強大，其能力依然遠遠超過人類想像；古神則對抗著舊日支配者與外神，甚至曾在遠古時代和舊日支配者們作戰。

克蘇魯眾神

雕像	名稱	簡介
	烏波・薩斯拉 Ubbo-Sathla	自在自存之源、究極祖神。地球一切生命的根源與回歸之處，其形象為巨大、黑暗、無形的原生物質塊。
	猶格・索托斯 Yog-Sothoth	鑰匙和門，一生萬物，萬物歸一者，虛空之扉。形象為不斷地進行著聚合和分裂的億萬光輝球體。
	哈斯塔 Hastur	無以名狀者，深空星海之主，黃衣之王。象徵「風」的存在之一，克蘇魯的死敵。
	克蘇魯 Cthulhu	沉睡之神、拉萊耶之主。象徵「水」的存在之一，形象為章魚頭、人身，背上有蝙蝠翅膀的巨人。

小行星撞擊、恐龍滅亡

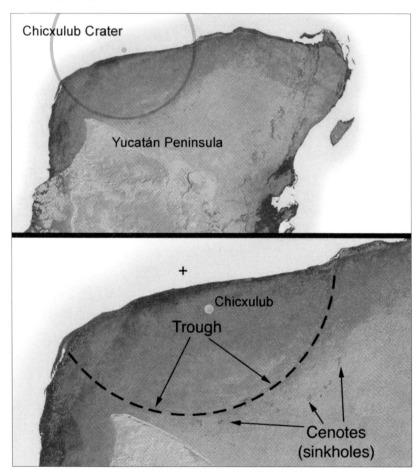

大約六千五百萬年前，一顆小行星墜落在墨西哥尤卡坦半島的北部，撞擊引起了強大的爆炸、山火及海嘯，也揚起了大量的灰塵，灰塵阻擋了陽光達數年至數十年不等，令到需要陽光的植物大量死亡，食草動物因為沒有糧食而餓死，同一時間，食肉動物也因為食草動物的滅亡而失去食物，一環扣一環之下，普遍認為這次的小行星撞擊直接及間接地造成了恐龍的滅絕。

　　這次的小行星撞擊在尤卡坦半島形成了一個半徑180公里的殞石坑，是地球表面最大型的撞擊地形，而那一次撞擊也是全世界所有已知爆炸事件中規模排名第一的，規模相當於100兆噸黃色炸藥的威力。

　　那次撞擊形成的殞石坑被命名為希克蘇魯伯殞石坑（Chicxulub crater），瑪雅語中意思是「惡魔的尾巴」，這跟之前提過的克蘇魯神話（Cthulhu Mythos）無關，這兩個字的讀音巧合地相似，所以本書作者才故意把兩者連繫在一起罷了。

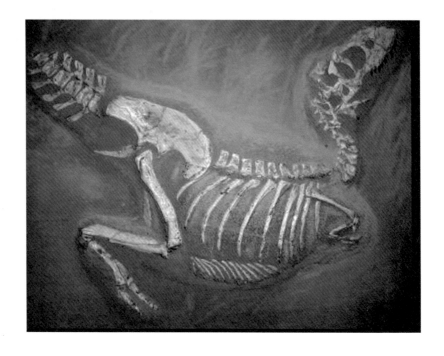

　　Tarbosaurus，意思是「駭人的蜥蜴」，生存於晚白堊紀的亞洲地區，約 7,000 萬年前到 6,500 萬年。又名為勇士特暴龍（T. Bataar），又譯勇猛特暴龍，名字非常威風。

　　特暴龍是種大型、二足掠食動物，重達約六公噸，擁有約六十顆大型、銳利的牙齒。特暴龍的下頜有特殊的接合構造。另外，就前肢／身體比例而言，特暴龍擁有暴龍科中最小型的前肢。

　　特暴龍生存於潮濕的氾濫平原，可能以大型恐龍為食。特暴龍的化石記錄保存良好，已有數十個標本，包含數個完整的頭顱骨與骨骸。

　　1946 年，一個蘇聯與蒙古挖掘團隊在蒙古南戈壁省發現一個大型頭顱骨與一些脊椎骨，是有記錄最早找到特暴龍的化石。

　　故事之中，和菲臘打成平手的巴歷就是特暴龍，他一直都是食物鏈的頂層，統治著每一個他到達的地方。

創作繪畫◎余遠鍠　　故事文字◎何肇康

神探
包青天

Detective
Bao

⑥
開封大火災

開封城珠寶商七慶樓，被惡名昭彰的飛雲盜盯上，屢次受到火災的洗禮……為保護義姊瑤瑤，張龍不惜以身犯險，誓要抓住潛伏的飛雲盜細作！

在潛火隊隊長黃起，以及七慶樓小玉的協助下，張龍抽絲剝繭，逐漸發現案件背後，眾人盤根錯節的關係。真相原來咫尺之遙，卻又如此難以置信，張龍面臨臨前所未有的掙扎。

然而，明察秋毫的包大人，其實早已看破一切，伺機而動……

經已出版

作者　卡特
繪畫　Cocktail
策劃　YUYI
編輯　小尾
設計　siuhung
製作　知識館叢書
出版　創造館
　　　CREATION CABIN LTD.
　　　荃灣美環街 1-6 號時貿中心 6 樓 4 室
電話　3158 0918
發行　泛華發行代理有限公司
　　　香港新界將軍澳工業邨駿昌街七號二樓
印刷　高科技印刷集團有限公司
出版日期　2021 年 3 月
ISBN　978-988-75065-4-6
定價　$68
聯絡人　creationcabinhk@gmail.com